KB120680

바람의 경지

시작시인선 0357 바람의 경지

1판 1쇄 펴낸날 2020년 11월 6일
지은이 이오우
펴낸이 이재무
책임편집 박은정
편집디자인 민성돈, 장덕진
펴낸곳 (주)천년의시작
등록번호 제301-2012-033호.
등록일자 2006년 1월 10일
주소 (03132) 서울시 종로구 삼일대로32길 36 운현신화타워 502호
전화 02-723-8668
팩스 02-723-8630
홈페이지 www.poempoem.com
이메일 poemsijak@hanmail.net

ⓒ이오우, 2020, printed in Seoul, Korea

ISBN 978-89-6021-525-2 04810
        978-89-6021-069-1 04810(세트)

값 10,000원

바람의 경지

이오우

천년의 시작

시인의 말

강철도 세월 앞에
몸을 녹여 자신을 그린다
하늘과 대지의 옷을 입는다
바람의 집으로 돌아간다

슬픔과 겸허의 사막을 걷는 순례자여
나는 그대 입술에 녹고 싶다
하얀 뼈를 감싸는 바람처럼
다시 태어나고 싶다

차 례

시인의 말

해 설

제1부

4월의 변압기

4월의 전선에는
변압기가 필요하다
매서운 봄의 발전소에서 보내는
생의 전압을 낮춰 줄

여러 가닥의 핏줄과 힘줄에 나눠줄
고른 압력을 위하여
여린 꽃잎들 불 밝힐 수 있도록
푸른 꿈들이 애자에 걸려 감기 들지 않도록
따뜻한 밥솥에 몸을 담글 줄 알아야 한다

조금씩 낮은 곳으로 내려가며
긴 여행길에 묵을 두꺼비집과
햇살의 날갯죽지도 생각하며
가볍게 줄을 타야 한다

쥐똥나무 울타리

1

강원도 태백에는 사람의 이름으로 된 버스 정류장이 있다 '권상철 집 앞'이라는 버스 정류장이다 암 진단을 받은 권상철 씨 부인은 통원 치료를 위해 버스를 자주 타야 했다 권상철 씨 부부의 집은 깊은 산골에 있었고 버스 정류장은 멀었다 속이 상한 권상철 씨는 시청에 버스 정류장을 만들어 달라고 했다 아픈 아내를 위해 버스 정류장을 선물하고 떠난 권상철 씨, 지금은 아들 '권순섭 집 앞'으로 바뀌었다

2

세상에는 많은 사랑의 울타리가 있다 믿음이라는 울타리, 가족이라는 울타리, 부부라는 울타리, 권상철 씨 집의 울타리는 아마도 쥐똥나무 울타리였을 것이다 아내는 여름에는 하얀 꽃, 겨울에는 까만 열매를 맺는 쥐똥나무 울타리를 좋아했을 것이다

3

쥐똥나무에는 이런 전설이 있다

옛날 중국에 한 부부가 있었는데 남편이 전쟁터에 나가게 되었다 어느 날 남편이 전사했다는 소식을 들은 아내는

쥐똥나무를 자신의 무덤 앞에 심어달라고 유언하고 스스로 목숨을 끊었다 몇 년 뒤 만신창이가 되어 돌아온 남편은 아내의 무덤 앞에서 울다 배가 고파져 나무의 검은 열매를 먹었더니 모든 병이 깨끗이 나았다고 한다

아비새

밤사이 비틀비틀
아비새 한 마리 다녀갔다
아파트 입구 화단 구석
아비새는 가로등 둥지 아래
울렁이는 속을 토했다

먹어도 먹어도
허기지던 둥지
잡아도 잡아도
주리던 배

간밤 어느 아비새
쓰리고 주린 배 툴툴
아린 눈물 한 방울까지
털고 갔다

울컥울컥
그 참담함의 위벽을 치고 올라온 것들
가득 비워 주고
허공의 입맛으로 돌아갔다

>
새벽 아침
어디선가 몰려든 새들
둥지의 맛을 쪼고 있다

바람의 경지

어딘가 허한 구석이 있다 허기를 허락하지 않는 것이 바람의 철칙, 몰아치며 부는 바람이 내 눈으로 침투한다 내 눈에도 빈자리가 크다 눈물샘이 고비사막의 호수처럼 말라버린 걸까

눈을 감고 생의 비늘을 지키자 2억 4천5백만 년 전, 물고기였을 때를 생각하며 퇴화된 아가미를 부활시키자 아가미를 잎사귀로 진화시킨 저 나무들처럼 귀를 열고 입을 열고 바람을 대하자

내 마음의 허기를 향해 바람이 분다, 감미로운 독주다 봄의 등짝을 뒤집어 보자 껍데기를 열고 닫는 하루의 일과를 벗어버리자

한쪽 뺨을 접어 다른 쪽 뺨을 두들기자 부드러운 솜털을 따라 푸른 혈맥이 풍기는 풋내를 맡자 눈물샘이 솟을 것만 같다 오늘은 바람의 채찍으로 졸고 있는 젊음을 밀어붙여 보자, 용서할 수 없는 일들과 손끝에서 잡힐 듯 잡히지 않았던 불면의 꿈들을 향해

허공의 미로에서 나의 그림자가 산란할 때, 흩어지는 푸른 비늘들이 진언을 구하고 아카시아 꽃잎들이 나뒹굴고 송화가 산을 차고 오를 때 오월은 능숙하게 때를 알아차린다 깃발이 혀처럼 일어나 춤춘다

바람이 간다 내 눈을 통과하여 망각의 그물을 찢고 몸을 화살처럼 겨누고 간다 독백의 힘이다 세상이 기우뚱한다 아이들이 뛰고 시간의 겨드랑이가 열리고 나무의 손끝이 바람의 옆구리를 연주한다

　빛의 공명이 그리움의 공간으로 포집된다 나무의 몸이 열리고 긴 울림통으로 바람의 선율이 몰려든다 숨소리를 토하며 바람이 운다 울음 안으로 가야겠다 울음통이 되어 허한 구석으로 몰려가야겠다

오월에 관한 보고서

오월을 찾아 나선다. 주소지도 명확했다. 518번지다.

역사지도에도 분명히 나와 있다. 그곳까지 찾아갈 시간도 우리는 충분했다. 하늘은 맑았고 기억의 열차는 시간을 거슬러 달렸다. 슬픔을 관통하는 청춘의 시간표는 청바지보다 질긴 힘줄을 가졌다.

오월이 거닐던 거리는 원시림으로 빛났다. 그는 그곳에서 길을 만드는 일을 하였다. 손에 박인 기억의 지문은 날로 단단해졌다. 오월은 맑은 하늘의 눈을 가졌다. 빛나는 광주의 눈이다.

518번지는 시간의 중력을 견디며 그 자리를 지키고 있었다. 오열 주련을 매단 절규의 기둥은 가풍으로 남았다. 땅을 일구던 힘은 침묵을 캐냈다. 침묵은 마침내 용광로가 되어 철을 녹이고 새로운 칼을 만들었다. 518번지에 살던 아버지와 어머니의 역사는 그렇게 뜨겁고 아팠다.

한때 주춧돌을 빼앗긴 날도 있었다. 지붕이 헐린 날도 있었다. 그러나 민주의 우물이 있고 평화의 샘터가 있다. 호랑이가 가끔 출몰한다는 무등산을 가졌다. 뒤란에는 꼿꼿한 대숲이 자리 잡고 있다.

오월은 무참히 쓰러진 것들을 기억하고 오래전에 죽은 이를 생각하라는 인디언 아라파호족의 전설을 가훈으로 가졌다. 죽음을 통해 부활하는 씨알의 정신을 가졌다.

오월이 사는 땅, 518번지.

생각하면 소름이 돋는 땅, 밟고 서면 온몸에 피가 끓는 땅, 이곳에선 죽음을 뚫고 빛이 부활한다. 생명이 투명한 날개로 날아오른다.

광주에는 택시 운전사에게 물으면 언제든 찾아갈 수 있는 누구나 주인이 될 수 있는 518번지가 있다. 묵상할 일이 있다면 찾아가라. 오월의 눈동자를 만날 수 있을 것이다. 주먹밥을 나누던 비무장지대다.

겨레의 씨앗을 심을 사람은 이곳을 찾을 것이다. 희망의 텃밭을 가꿀 사람도, 시대의 거름이 될 사람도 이곳에서 역사와 교신할 것이다. 진정한 아픔과 직면할 것이다.

쓰다듬질

수도꼭지를 틀고
손을 가져다 대면
나의 손등과 손가락 사이
손바닥과 손금을 타며
노래하는 물소리

양손을 모아 물을 받으면
천불동 계곡이 눈앞에 펼쳐지고
손바닥을 모아 비비면
잦은바위골 폭포 소리가 들리는 듯
투명한 빛깔로 쏟아진다

더러움을 다 실어 나르고도
그 오랜 시간을 노역하고도
이다지도 충실하게 내 손등을 씻어주는지
고마운 소리 흘러내린다

스치듯 두드리는 마음이다
떨리듯 부서지는 순결이다
하늘에서 보낸 최후의 눈물이다

방울방울, 나의 손을 잡는
가장 깨끗한 악수

수도꼭지를 틀고
손을 가져다 대면
새로운 만남을 위한
쓰다듬질이 시작된다

석양에 물 주다

　석양을 향해, 지는 해를 향해, 아침으로 돌아가는 둥근 불덩이를 향해, 분수를 틀듯 가슴을 틀어 물을 줍니다 온종일 생명을 키운 오월의 노고를 씻어주고 싶습니다 연둣빛으로 감응하는 여린 잎들을 변함없는 사랑으로 키워주신 이를 어느 누가 한 모금의 물로 위로할까요 가문 들녘과 타는 입술과 잉잉거리기만 했던 나의 하루가 온전히 목말랐던 시간을 생각하며 머리를 조아리며 그렇게, 강물에 화톳불을 피운 저녁, 나그네의 술잔 가득 탁주 한 잔 따르듯 그렇게, 하루의 어깨를 두드리며 황금빛 노을 지는 저녁 가슴을 기울여 나누고 싶은 이야기가 있다면, 별빛처럼 되살아나는 푸른 무지개가 있다면, 위안 같은 촉촉한 저녁이 필요하다면, 수맥을 끌어올려 물을 주듯 샤워기를 틀 듯 그렇게, 먼지 같은 시간을 씻어내고 식혀야 할 혈맥이 있다면 삶의 고랑에 물을 대듯 석양에 기대어 그렇게, 물을 줍니다 뜨거움이 범람했던 하루를 식힙니다

촛불

피다
피어나는 이것은
아픈 피다
슬픔의 탄생이다
함성의 소용돌이가
빛으로 우뚝 섰다
뜨거운 잔혹한 순수
넘치는 수혈
번지는 힘이다
다스리는 아픔이다
고요하게 번지는
무엇으로도 막을 수 없는
역사의 기둥이다
지쳐 쓰러진 것들을
바로 세우는 불타는
피다

시간 관찰자

　허공에 앉아 햇살을 쪼아 먹었지 시간이 태어날 때마다 피어나는 기억을 주워 먹었지 정처 없이, 아기 새의 부리가 열릴 때, 넘실대는 남태평양의 수평선이 끌려 왔지 둥근 그녀의 뒷모습 너머도 함께 왔지 한가득 담아내던 그녀의 텅 빈 시선 앞으로 그도 끌려갔지 하염없이, 그녀의 잎맥 속으로 들어갔지 연초록 글귀들이 흔들리고 의자의 숲에는 흥얼거리는 부리들 오후의 강물은 은비늘을 털었지 속절없이, 푸른 시선이 향하는 곳, 오월의 순하고 순한 그늘에 앉아 그녀를 기다리는 동안 꽃은 피었다 지고, 바람은 생각의 틈을 빠져나와 추억의 오솔길을 누비곤 했지 이따금 펄럭이는 문틈으로 찢어져 들어오는 기다림은 저녁의 그림자를 닮아 갔지 고양이 한 마리가 자동차 사이를 유유히 지나가고 시간의 넝쿨손이 명상의 고도를 기어오르고 있었지 때론 체념의 절벽을 향하기도 했지만 고요한 일들이 가득했지 풍경은 소실점을 향해 뒷걸음질치고 바람은 유리창을 통과하지 못하고 노래는 찻잔을 흔들지 못했지 갸름한 햇살만 일렁이듯 소스라치듯 반짝일 뿐
　어느덧 기다림은 그에게 이마를 훔치는 일처럼 느긋해졌지 호젓한 호숫가 오두막에 살았다는 시간 관찰자처럼

둥지

야트막한 측백나무 안에
비둘기 한 쌍이 둥지를 틀었다
보일 듯 말 듯
알을 품은 위태로운 모습

암컷은 나의 눈높이에서 꼼짝없다
수컷도 없다, 어디선가 조마조마하며
먹이를 찾고 있을 것이다

비둘기의 하루가 무사하길 바라며
나는 나의 둥지를 생각한다
내가 처음 둥지를 틀었던 그때를

여름이면 거실까지 빗물이 스며들고
겨울이면 찬바람이 유리창을 두드리던
서툴게 도배를 하고 세간살이를 사서
가파른 계단을 한참 올라야 했던

늘 귀가가 늦은 나에게 아내는
혼자 무섭다며
둥근 배를 쓰다듬던 그때를

고깃집 식탁에 앉아

고깃집 식탁에 앉아 갈비를 시키고
그녀는 풀의 피 냄새를 말했다
풀을 베면 나는 풀 냄새가 좋았던 기억과
그 풀 냄새가 사실은 풀의 피 냄새며
죽음의 절규라고 한 글을 읽은 기억을
되찾지 못했다고 했다
나는 풀의 절규를 맡았던 적이 많다고 했다

붉은 짐승의 피 냄새가 피어오른다
고기를 굽는데 불판 위에 달린 숨통으로
피의 냄새가 빠져나간다
재앙을 알리는 봉화를 피우듯
일제히 피의 연기가 오른다
고깃집 바닥은 고기를 나르는
가죽 신발의 지문이 뒤덮이고
있었다

토끼에게 줄 먹이를 나르는
사람은 별로 없어 보인다
발바닥은 땅을 잊은 지 오래다

발의 지문을 인식하지 못한 땅이
인간을 떠나고 있다

짐승과 벌레들이
이주를 시작했다

봄을 찍다

꽃은 피어도
코로나 바이러스에
봄은 격리되어 버리고
애석한 꽃잎 떨어지는
4월이다

어렵게 와서 쉽게 가는
너는 현기증이다
그래도 아프지 말자 봄아

오늘 너의 얼굴을 찍어주마
아름다운 싸움의 얼굴을
나의 마스크도 함께 찍을까

바이러스로 근위를 세우고
사회적 거리두기로 배경을 잡고
민들레처럼 활짝 웃고

새싹의 힘으로 셔터를 누르면
반짝이는 봄의 잇몸이 찍힌다

낙엽송

어찌 보내야 할까
비루한 슬픔의 비늘을
퇴화된 날개의 아픔을
어디에 내려도 만나게 될
나의 자화상을
그것이 무엇이든
어느 개천에 버린 것이라도
한 번쯤 뒤돌아보자

내 둥치에 고스란히 내려
또 다른 숲을 이루었을 것들을 위해
애초에 멀리 떠나보내고 싶었던 것들을 위해
내 골수에 그려 넣은
바람의 지도를 가진
부서지고 썩어, 무념의 시간 속을
경계도 없이 오고 가는 것들을 위해

미안하다 잘 가라, 언제든 또 만날 수 있다는
아니, 내가 여기 곧게 서있을 것이라는
약속을 하며, 떠나보내던 숱한
고뇌의 엽서들아

그냥 고구마

아침이면 나는
고구마를 굽는다
오늘도 나는 단단한
생의 고구마를 집어 든다
난로로 고구마가 들어가고
시간의 온기가 고구마를 익힌다
그대와 나 고구마와 함께 간다
오늘도 그렇게 고구마는 익어간다
고구마가 익어가는 하루
저녁이면 고구마는 허물을 벗는다
붉고 실팍하게 무르익어
말랑해지는 고구마
나는 고구마와 함께
내일을 꿈꾼다
그대와 함께
익어간다

불어라 바람

바람이 부는 날 나무는
겨드랑이 들썩거리며 머리채를 풀고
허리 춤을 추고 싶었던 나무는 드디어
제 몸이 악기가 되는 줄을 안다
사건의 중심에 곤두박질쳐진 날부터
속으로 단단한 동심원을 그리며
어둠을 움켜쥔 실핏줄의 힘으로
이슬을 삼키며 봄을 노래하던 나무는
드디어 운다, 바람을 타고 운다
운율의 옷자락을 입는다
삼키고 삼키던 비음을 토해 낸다
불어라 바람, 날개가 되어 날아오르게
멀리서 화답하며
산등성이가 일제히 날아오른다
바람은 날개가 된다
마음 펄럭이며
돛을 단 배가 된다
가슴에서 깃털을 뽑아
공중에 악보를 그린다

제2부

카르텔 사랑

언제부턴가 우리는 카르텔과 사랑에 빠져있었다 만나고 헤어지는 일과 먹고 마시는 시간이 카르텔을 위해 존재했다 고기를 굽고 술잔을 채우고 노래를 부르고 밤거리를 출렁대며 도도한 카르텔의 강줄기를 찬양했다 그러던 중 코로나19가 찾아왔다

재앙은 단골집마저 덮치고 삶은 유리됐다 도시는 마스크를 뒤집어썼고 사람들은 소라게가 되어야 했다 아파트는 드라큘라 백작의 성처럼 괴괴했다 자가격리와 재택근무와 온라인 수업이 일상의 만남과 유대와 직장과 학교가 누리던 원심력을 무너뜨렸다

코로나19 이후의 사랑은 카르텔과의 이별이었으면 좋겠다 카르텔의 거미줄은 집요하게 실을 뽑아내는 보이지 않는 성좌였다 혹시라도 코로나19가 또 다른 카르텔이라면

그럴지도 모른다는 생각이 드는 순간, 누구는 또 여전한 삶을 생각하는 것이다 카르텔의 밤은 다시 찾아올 것이라는 믿음 그와의 사랑은 계속되어야 한다는 믿음이 있기에

염통

나의 몸통 안에 염통이 있다 생각을 온몸으로 내보내는 곳이다

쉰 살, 생각의 혈압이 오르기 시작했다 나이를 먹는다는 것은 느려지거나 빨라지는 몸의 작용을 이해하는 것, 생각의 수축과 이완도 온전히 받아들이고 조절해야 마땅하건만 이놈의 염통은 제대로근이라 의지와는 무관하게 수축하고 이완하고 빠르거나 느려진다

끝까지 생각의 실핏줄이 열려야 하는데 가끔 막히고 좁아지는 현상이 발생한다 역류하는 생각을 막아야 하는 때도 있고 범람하는 생각의 혈류를 어찌할 줄 몰라할 때도 있다

짐짓, 사람들은 심장이 염통이라지만 심장과 염통은 다른 무엇이다 심장이 그냥 심장이라면 나에게 염통은 마음 심장이다 건강한 염통을 위해서는 꾸준한 운동이 필수다 지방을 태우듯 생각의 기름기를 빼야 한다

소의 염통을 먹으며 나의 염통을 생각한다 소의 염통만큼 크지도 않은 것이 울퉁불퉁 심통까지 덕지덕지 붙었다 유산

소운동이 필요하다 마음의 유산소운동, 긴 호흡으로 멀리
내다보며 생각을 내보내는 연습이

잠시 잠깐

잠시暫時[잠:시]는 짧은 시간이고
잠깐은 얼마 되지 않는 매우 짧은 동안이라고
표준국어대사전은 말한다
둘 다 명사이자 부사다

중요하지만 중요하지 않은 존재라는 말인가
중요하지 않지만 중요하다는 의미란 말인가

그럼 잠시와 잠깐 중 뭐가 더 짧은 시간일까
잠시는 자암시로 길게 발음하고
잠깐은 그냥 짧게 발음하니
아마도 잠깐이 더 짧은 시간이 아닐까

—잠시만 기다리세요—
—잠깐 생각 좀 하구요—
이렇게 pause를 누른다

잠시 멈춤과
잠깐 돌아봄이 어떤가

>
연둣빛으로 물드는 아침
새순 돋는 곳마다
꺾을 수 없는 힘을 느끼며
하루를 힘차게 키우리라 마음먹었던
나의 하루를 생각한다

벌써 저녁이 되었다
나의 하루는 얼마나 자랐을까
오늘 밤 별이 뜨는 것만 봐도 알 것이다

잠시 잠깐이라도 멈추어 하늘을 보자

천안역 까치 부부

철길 사이로
부서져 내린 나뭇가지들
까치 부부의 재건축이 시작되었다

선로 위에 집을 짓지 마라
무허가다, 금방 헐린다
알려 준 이가 없는지, 아니면
처음 신방을 차려 마음이 급한
철없는 것들인지
쉴 새 없다

아마도 저들의 부모도
이렇게 험한 곳에 둥지를 틀어
새끼를 키웠나 보다
아무렇지도 않게, 겁도 없이
저러고 있는 것을 보니
역무원쯤이야, 아랑곳하지 않는
텃새의 오기로, 흥겹게 다시 집을 짓는다

하늘 아래 가장 편안한 땅이지만

안전한 둥지에 안주하지 않는
천안역 까치 부부

나는 바람이 좋다

멀리서 바람이 온다
이것이 어디서 오는지
나는 안다
내 안에 물결이 인다
바람이 주름을 만들고
주름이 인생을 말한다

어느 불안한 영혼의 시인처럼
인생의 8할이 바람이라면
나머지 2할은 무엇일까
바람의 훈장
주름이라고 할까
주름잡는 인생도 좋지만
주름진 인생은 더 멋지다

바람은 늘 뜨거운 쪽으로 분다
그래서 늘 바람은 시원한 사람 같다
멀리서 바람 같은 사람이 온다
바람 같은 사람이 좋다

\>

나는 바람이 좋다

불안한 바람은 더욱 좋다

무식하게 부는 바람아, 나를 흔들어라

나는 그 앞에서 무릎의 주름으로

무릎쓰리라

금강 하구에 서서

가깝고도 먼 그곳, 금강 하구
아침 안개와 저녁노을 사이
찻잔에 잠긴 듯 고요한 풍경 속으로
등 푸른 함성 퍼 나르는 곳에 서다

억새밭에서 일어난 아침은
안개 이불을 개고
서쪽으로 길을 잡았다

아침부터 저녁까지
하루는 소금밭이 되고
너무 멀리 와버린 저녁

출렁거리는 풍경 앞에서
바스락거리는 손 비비며
푸석한 얼굴 붉은 눈동자 목화솜처럼 젖은 가슴
풍경 속으로 잠영하듯

내가 차지할 울음이 있는 자리다
이름 모를 거품이 끓어오르는 시간이다

하늘을 갈비뼈 안으로 밀어 넣고 싶은 마음이다

풍경이 되고 싶은 곳이다
온전히 혼자여서 하늘을 독차지하고 있다는 행복
누리고 싶은 날이다

피핑 톰

천 년 전
아름다움을 염탐하는 재단사는
순간 눈이 멀어버렸다
가혹한 세상을 향해
알몸으로 시위했던
고다이바 부인

30년 전
전경으로 근무하던 나는
수원시청 앞마당에서 고다이바 부인을 만났었다
소래포구 개발에 알몸으로 맞서던
어머니들의 몸부림을 보았다
그리고 우리에게 떨어진 명령
닭장차에 실어라
어느 논바닥에 내려놓아라

지금도 보인다
그때가
눈이 먼 채로

진심 먹다

잘 살려몬
잘 묵어야 헌다

오늘 점심으로
진심을 먹고 싶다

진심으로 감사하며
진심의 밥상을 먹고
오늘도 잘 살고 싶다

잘 사는 거 빌거 아니랑께
진심을 담은 밥상 받을 때
잘 사는 거랑께
우리는 진심을 먹어야 사는
늘 허기진 짐승이니께

서울 비둘기

비둘기는 울지 않는다 서울의 비둘기는 울지 않는다 다리 한 짝이 잘려도, 눈 한 짝을 잃어도 일곱 식구의 운명이 빵 부스러기처럼 흩어져도 구 구 구 구, 울지 않는다 절뚝거리지 않는다 사람의 꽁무니를 따라다니며 구걸하지 않는다 뒤뚱거리지도 않는다 고민 같은 것은 없다 아침이면 보도블록과 아스팔트를 유유히 걸을 뿐이다 날기 위해 태어난 것이 아니다 내려앉기 위해 잠시 날개를 퍼덕일 뿐이다 슬픔이 증발한 도시, 비둘기는 통증을 기억하지 못한다 그래도 가끔 부끄러움은 깃털처럼 떨어질 때가 있다 한쪽 눈으로 걷고 한쪽 눈으로 본다

허기에 찬 서울, 보름달 같은 평화는 잠깐 전선에 걸려 올라올 뿐 강물까지 나가서 울고 올 일은 죽어도 없다 구의동 식자재 마트 앞 골목길, 조찬은 벌써 끝나 가고 있다 해가 뜨기 전에 문이 열리고 사람들의 부리가 곧 몰려올 것이다 목은 울기 위해 있지 않다 쪼아 먹는 장치일 뿐, 울 수 있는 기능은 퓨즈가 나간 지 오래다 목이 있어도 울 수 없다 어디를 향해 목례를 올릴까 하늘일까, 땅일까, 사람일까, 멀찍이서, 발 한 짝 없는 비둘기 하나, 잠시 나를 훔쳐본다

금강

누가
금강을 보았다 하는가
그 실뿌리를
그 우듬지를
그 빛나는 등허리를
그 도도한 어깨를

누가
금강을 보았다 하는가
그 꿈결을
그 눈동자를
그 백성의 마음을

아, 금강
지금도 흐르고 있는가

일요일 아침

이웃집 영감님 댁 지나던 길
이리 와봐
개복숭아 가득
양재기에 담아 주신다

어찌할까 망설이다
냉동실 간고등어 한 손 담아
양재기 돌려드렸다

논 가운데 백로 한 마리
힘차게 날아올라 쏜살같이
뒷산으로 날아간다
우렁이 한 알, 미꾸라지 한 마리
새끼들 먹일 기세다

한참 만에 그 영감님 뒤뚱뒤뚱
검은 비닐봉지 건네시다
밭에서 캔 겨
감자니께,
먹어보드라고

>

탱글탱글 주먹만 한 감자 가득
주고 가시다
뜨거운 여름 땡볕에 붉은 볼 가득
웃음 주고 가시다

아침나절 꿈길처럼
늙으신 아버지 다녀가시다

하루살이가 하루살이에게

그저 눈이 멀고 싶어
사랑에 눈멀고 꿈에 눈멀고
지독한 슬픔에 눈멀고 싶어
입이 없기에
더 이상 죄지을 일도 없건만
입을 잃어버렸기에
목소리를 내지 못하기에
이제 사랑하다 죽을 일만 남아
온몸을 불사를 일만 남아
주둥이는 달콤한 인두로 지지고
다리도 주저 없이 떼어버리고
몸을 비틀어 내장을 짜내고
빈 몸통으로 마지막 춤을 춘다
눈물 같은 날개는 달빛 속에 던지고
막다른 꿈과 어둑한 사랑을
밤의 맨살 위에 뉘었다
무덤 같은 시간이 흐르고
나의 하루는 꽃씨처럼 떨어졌다
너보다 하루 먼저 갈 뿐이다

이제 너의 하루가 밝아올 것이다

나와 나타샤와 초록 말

나와 나타샤는
외암리 민속마을에서
당나귀보다 근육이 잘 붙은
싱그런 갈기 휘두르며 서있는
건장한 말 한 마리
그, 연둣빛으로 반짝이는
말 등성이 올라탔습니다
푸른 설원은 봄 햇살 푹푹 쌓인
바람의 언덕을 훌쩍 뛰어넘어
버들강아지 넘실대는 강물을 따라
나타샤가 살고 있는 해변으로 달려갔습니다
나와 나타샤는 하늘 가까운 데까지 달려
등 푸른 저녁을 맛보았습니다

제3부

골디락스 존

지구와 태양처럼
가깝지도 멀지도 않은
그래서 살아갈 수 있다는
것만으로 충분한

태양의 빛
지구의 물
그리고 우리에게 허락된 공기
이것만으로 충분한

우리의 사랑도 그렇게
멀지도 가깝지도 않은
지구와 태양의 거리만큼
이라야 한다

불공

나

나무와

나무가

살과 살을 부둥켜안은

돌 위에 서있는

나무의 안으로

걸어 들어가는 때가 있다

가로 세로의 핏줄과 수직의 갈비뼈와

둥글게 서있는 등뼈가 이룩한 몸통은

아늑하고 따스했다

세상으로부터 멀리

떨어진 비밀의 집

찾는 이 많지 않은 이른 새벽

어둠 속을 달려 산길을 구불구불 올라

빛이 담겨 있는 곳, 정갈한 댓돌을 올라

쪽문을 연다. 촛불이 밝혀진 방

합장하고 절하며 몇 개의 문을 지나

깊은 숨결이 잠들어 있는 곳

고뇌가 바다처럼 춤추는 곳

별빛으로 광합성 하는 곳

돌과 나무와

꽃과 나비가

가부좌를 틀고 있는 곳

손 시리게 기도하는 곳

나의 고집이 허물어지는 곳

나무의 안으로 들어가

향기로운 미소 앞에

합장하는

때가

있다

쌀비

봄비는 쌀비라던
못자리에 쑥쑥 아기모 자라고
논마다 찰랑찰랑 못물 들던

봄비는 꿀비라던
뚝셍이마다 쑥이랑 냉이랑
제비꽃 민들레 질경이 돌나물
달래들 지천으로 피던
보리밭 너머 빈 밭고랑마다
김이 모락모락 오르던

봄비는 꽃비라던
안산에 어린 소나무 오리나무
상수리나무 아카시아 듬성듬성한
양지 마당 진달래 수줍게 웃던
울바위 아래 한바탕 꿩이 울면 흐드러지던 산벚꽃
꿈결처럼 흩날리던

드렁방동사니 사이로
올챙이 떼 지어 놀고

따옥따옥 따오기

뜸북뜸북 뜸부기 울었을 때가 있었다던

밤톨 같은 우렁이들 가쁜 숨 토하며 숨어들고

마꾸라지 춤추고 개밥풀 싸돌며 놀던 봄

아주 오랜만에

이제는 찾을 수 없는 고향처럼

구석구석 마음만 붐비게

단비 내렸지요

쌀비 내렸지요

소금산

구름다리 위로
무수한 인파들
출렁거리고 있다
보릿고개 길인 것을
보릿고개 산인 것도
소금밭인지 소금산인지도 모르고

땀방울 눈물방울 땅에 배어
바위의 이끼들까지
소금기로 가득 짠맛
소금길, 소금산 보릿고개 길
오르며 내릴 때 출렁이던 한이
소금산이란다

파도에 깎인 해안단구처럼
소금산 정상, 계단을 이룬 밭고랑

분주한 등산객들 사이로
노파 하나 끙끙 지팡이 짚고 간다
오르막도 내리막도 아닌 길을
한참을 나뭇등걸처럼 서있다

가을 이야기

가을이 지나간다
스치듯, 스미듯, 스르륵
곱디곱게 스러지는 가을이여
둥글둥글 슬어가는 가을이여
깊어지고 깊어지면
높아지고 높아지면
바람처럼 떠나고픈
마음이여
코스모스처럼 그렇게
들길에 서서 하염없이
산들산들 흔들고픈
가을이여
하루 내내
하늘 우러르며
고개 끄덕이며
떠나가는
가을의 이야기
듣고 싶다
가을 따라
나를 배웅하고 싶다
다시 봄의 국경을 찾아 떠나는

침묵의 혀

하늘은 파랗게 침묵하고
구름은 하얗게 침묵한다
바람은 투명하게 침묵하고
민들레는 희망의 침묵이다

청보리는 바람의 침묵을 노래하고
하늘은 젖빛 구름으로 대지를 적신다
라일락 향기 토하던 언덕에는
들꽃들 피어난다

무등의 하늘을 쏘는
노고지리를 생각하며
벌, 나비 날아드는 곳에
꽃처럼 모여 살자

다시 살아나는
숯불처럼,
불꽃으로 피어나는
사랑의 불씨가 되자

>
오월은
횃불처럼 번지는 들꽃 세상
푸른 함성으로 돋아나는
침묵의 혀들

폭탄

나는 불법 폭탄 제조업자다
새로운 생각의 질서가 필요하다
지금은 아까보다 더 무섭다
언어 테러 집단들이 날뛰고 있다
나는 새로운 언어 폭탄을 만들어야 한다
은밀하고 강력한
다행스럽게도
바람이 더 세차게 불 것이다
바람은 모든 것을 알고 있다
그는 자유롭고
아주 먼 곳까지 여행한 존재이기 때문이다
나는 바람을 읽어야 한다
바람 속에서 폭탄 제조 비법을 찾아야 한다
신 언어 질서의 코드를 찾을 수 있는 곳
바람 부는 코카서스산맥 카즈베기산으로 가야 한다
나는 독수리를 기다려야 한다
절벽에 매달려
정신이 온전히 바람이 되어 날아오를 때까지
절망의 간을 바쳐야 한다.
절망의 피로 희망의 화약을 만들어야 한다

신 언어 질서의 폭탄을 만들 때까지
나를 분해 조립해야 한다

물치에 가보았지

1

물치에 가보았지 발치까지 와서 출렁이는 검푸른 기억들
이마를 쓸고 가는 젊은 날의 바람과 비릿한 바람의 몸통이
있지 돌아보면 파동처럼 솟아오른 설악이 있지 울산바위 울
음소리 들릴 듯하지 공룡능선을 타고 마등령과 대승령을 오
르던 때가 있었지 서북주능에서 만난 비바람과 귀때기청봉
의 너덜들 눈에 밟히지 화채능선을 걷던 스무 살 여름의 이
야기가 무지개처럼 떠있지 대청봉 아래 죽음의 계곡도 생생
하지 일란성 쌍둥이 같은 지금의 나와 너무 오래 떨어져 있
던 나와 똑같은 그때의 나를 만나지 그동안 망망대해에 바
람을 방목하고 계셨군요 방황의 아버지여 꿈의 파도를 키우
셨군요 늙은 어미여, 멀고 길었던 스물네 살의 방황이 묻힌
길 스물일곱 살의 꿈이 뿌려진 곳 있지

2

물치에 가보았지, 시간의 쌍곡선을 달려온 바람이 불고
바다의 숨결이 나의 목젖을 때리며 머물 수 없기에 올라야
했던 발걸음이 시작되던 곳 삶의 무게를 던져버리고 배낭을
둘러메던 곳 되돌릴 수 없다면 시간은 바람이다 다시 돌아
갈 수 있다면…… 수없이 되뇌며 바라보는 곳 바람이 불어

오는 곳 시간의 파도가 나를 향해 밀려오는 곳 시간의 지평
이 끝없이 뒤척이는 곳 바람도 파도도 시간도 하나가 되어
얼싸 우는 곳 실컷 바라봐도 되는 내 안의 눈동자를 만나는
곳 고요한 눈동자에 잠들던 시간들 바람은 불고 시간은 바
다처럼 모든 것을 삼키던 그때 보이지 않던 것들이 까맣게
빛나던 최초의 순간 무섭게 푸르던 청춘의 시간들 동해의
수심같이 빠져들던 시간들

　3

　물치에 가보았지, 멀리서 바람이 불고 어디서 와서 어디
로 가는지 알 수 없기에 바람 따라 물결치던 곳 어느덧 그
바람들 주름을 만들고 주름이 인생이 되어 서있는 곳 주름
의 인생을 말해 주는 곳 바라볼 시간과 올라갈 시간이 있어
서 더 멋진 곳 바람은 늘 뜨거운 쪽으로 분다는 것을 말해
주는 곳 시원한 사람 같은 바람이 부는 곳 바람 같은 사람
이 찾아오는 곳

조아*

밤하늘 둥근 달
조아爪牙
그 누구의 모습인가

오늘은 둥근 날
조아爪牙
그 누구를 만났는가

내일은 둥근 세상
조아爪牙
그 누구와 손잡을까

조아 좋아
조아 같은 좋은 사람
되어보자

* 조아爪牙: 「명사」 (1) 손톱과 어금니를 아울러 이르는 말. (2) 매우 쓸
모 있는 사람이나 물건을 비유적으로 이르는 말. (3) 적의 습격을 막
고 임금을 호위하는 신하를 비유적으로 이르는 말(『표준국어대사전』).

어느 날 문득

어느 날 문득
씨부랄
담배 끊어야겠다
친구 놈이 내뱉은 말

나보다 잘난 놈들
다 담배 끊었더라
얼마나 잘 먹고 잘사나 보게
나도 오래 살려면 끊어야 할 것 갓뭬!

얼마나 더 잘 살아야 하는지
암담하다 한다
잘 살아보세 잘 살아보세
한 지가 얼마 전부터인가
이만큼 잘 살았으면 좀 못 사는 사람
생각할 때도 되었는디 말여

밑구녕이 헐어나가는지도 모르고
앞 구녕으로 자꾸 밀어 넣으니께
쉴 새 없이 말여

블라섬*

꽃이 피다

봄이 피니 몸이 핀다
그대가 핀다 하늘도 피고
의자도 피어나는도다

커피도 피고 신발도 핀다
눈이 피고 소리도 핀다
풍경들 피어난다

배꼽이 탄생하듯 피어나는 하얀 웃음
울음 같은 이야기꽃이 피어오르는 섬

여기는 블라섬이다

* 블라섬blossom: (1) (특히 유실수나 관목의) 꽃. (2) 꽃이 피다, 꽃을 피우
다. (3) (얼굴 형편이) 피다(『네이버 사전』).

늦은 간절함

여기, 촐촐히 내리는 가을비
태평양이 여행을 마치는 곳이다

바람과 구름의 항로가 어떻게
나에게 이어져 여기까지 왔을까
무슨 간절한 마음이 있어
내 몸을 적시려 했을까

지금, 저만치 태풍이
커다란 소용돌이로 온다
비와 바람의 그물망이 나를 가두고
흠뻑, 생각의 지붕을 두드린다
마음이 고장 날지도 모른다

오늘, 하루 종일
나의 덜 익은 가을과
푸석푸석하던 그리움의 손금들이
비에 젖어 쭈글쭈글해졌다

태풍이 가을비를 몰고 왔다
늦은 간절함이 도착하고 있다

기둥

    용산역 광장을 도는 표정 없는 얼굴들 사이로, 어두워진 하늘 틈으로 시간은 찐득찐득하게 졸아들고, 가로등과 신호등 허리춤에 매달린 꽃들이 철근을 껴안았다

    검붉은 꽃잎은 시들지 않았다 충혈된 눈동자는 철근의 힘을 느끼는 중이다 도시를 지탱하는 기둥의 밤은 꽃답다 기호의 꽃들이 피어나고 꽃잎이 깃발처럼 펄럭인다 기호는 기둥의 존재 이유다 식을 줄 모르는 기둥은 도시의 시간과 공간을 미분한다 밤은 더욱 천천히 하강할 것이다

    겨울은 곧 닥칠 것이다 광장은 단단한 방패처럼 겨울을 방어해야 한다 꽃은 미라처럼 잠들 것이다 철심에 매달린 채 공중 부양된 꽃의 시신이 지상으로 하역될 때, 철심은 더욱 굳고 차가운 몸통을 드러내며 사력을 다해 빛을 뿌릴 것이다 그대의 두 눈알과 뒤통수를 향해

    기둥들은 한겨울 눈발을 발아래 불러 모으며 이름 없는 발자국을 지킬 것이다 눈을 감지 못할 것이다 가슴에는 검은 고독, 머리에는 흰 고독으로 무장한 낭만적 지위를 망토처럼 두르고 가끔, 돌아서서 훌쩍거리고 싶을 때도 있

을 것이다

  그들은 도시의 수호자처럼 그렇게 서있었다 검붉은 꽃
을 허리춤에 차고 광장에서 거리로 이어진 길을 따라 끝없
이 서있었다 그들이 생산하는 기호는 결코 품절되지 않을
것이다

제4부

?월 !일

밤을 쏘다니던 말들이
안개 속으로 몸을 숨기고
은어 떼가 헤엄치듯
그것은 물음표이면서 느낌표
묻고 또 묻는 내 안의 말
내 안의 느낌표는 어디쯤 찍혀 있을까
혼자는 무겁다 누군가를 업고 갈 때 가장 가볍다
마침표를 찍을 수 없는 밤
마침표를 찍는다고 물음표와 느낌표와
말줄임표를 잠재우진 못한다
하루의 마침표는 잠들기 전에 찍힐까
잠에서 깨어나면서 찍힐까
그 규정할 수 없는 중간 지대를
아름다움이라 부르면 안 될까
치열함의 끝과 그 찬연한 시작의 전
그리고 투쟁은 시작되는 거지
바로 두려움과 맞서는 거야
언제나 내 안의 심장이 뛰는
그 순간이 가장 아름다울 것 같기도 하다
햇살이 쿵 쿵 내리는,
7월 1일의 아침은 그렇게 시작하고 있었다

소나기

뜨겁다 여름
가물다 한낮

땡볕 아래
침묵의 생명들이

하늘로 보낸
녹색 편지

하얀 함성으로
답장 온다

비록 짧지만
뒤엎을 듯
꼼짝 못 하게

더운 입김 토하며
자지러진다

나뭇잎 의자

흐린 가을 하늘은
나뭇잎 의자를 내놓는다

시간이 꼬리를 감추는 하늘 밑으로
바람이 찾아와 나뭇잎 의자에 앉는다
지상으로 향하는 가벼운 신음

구름의 문짝을 열고 나온 햇살도
빛나는 엉덩이를 내려놓는다

빗살무늬 향기 흔들며
가을의 등을 받치는
나뭇잎 의자

흐린 가을 하늘은 빛깔 풍경 아래
낮고 둥근 나뭇잎 의자 내놓는다
향기로운 소멸의 자리다

여름날의 초대

시골 밥상머리에 앉으면 그 옛날도 아닌데 할머니 고추장에 썩썩 밥 비벼 드시던 스덴 밥그릇 생각이 나고 사기요강, 엎어져 있던 수돗가 포도 넝쿨 아래 목단이었나 당초무늬였나 기억나지 않지만 그 하얀 궁둥이도 떠오르고 고봉으로 올린 듬성듬성 보리쌀 섞인 밥 한 그릇과 호박과 감자와 풋마늘을 대강대강 썰어 넣은 된장찌개와 질박하게 익은 짠 동치미 건져 내어 길쭉하게 썰어 담은 보시기와 고추장 그릇에 꽁지 박은 고추 몇 개와 우물물에 대강 씻어 숭덩숭덩 썰어놓은 오이 날 쪽들, 아직 풋내 가지지 않은 아삭아삭 줄기 청청한 열무김치 한 움큼 그 줄금 대의 연한 맛에 뭉게구름처럼 부풀어 오르던 침샘 그곳으로 퍼 나르던 삽자루 같은 숟가락들, 훅훅 찌던 여름 한낮 토방 댓돌에 검정 고무신 벗어 던지고 아침마다 고쟁이 걸레 꼬옥, 비틀어 짜서 훔치던 한 발 마룻장의 정갈함 위에 걸터앉아, 한 손으로 휘휘 파리 쫓아가며 먹던 시장이 반찬이던 때가 엊그제 같다

아직도 일흔 노모 우리 어머니 농부라서 한여름 땡볕 따위야 아랑곳하지 않고 도라지밭 매러 나간다고 야단이시고 희나리 같은 아버지 이제는 허리 못 쓰신 지 한참 되셨건만 마늘 엮어 널고 싶어 안달이시다

여름날 내가 찾은 시골집은 그렇게 뜨겁게 살아있었다 가

숨이 후끈거려 그만, 뒷산을 바라보니
츩뿌리 굵어가는 소리가 들렸다

아몬드 미소

수수한 입술
주름진 그늘
속이 하얗고 단단한
아내가 웃는다
아몬드 같다

나는 향유고래처럼
그대의 심해로 내려가
영원히 안 나올 듯
단단하고 깊은 호흡으로 살고 싶다
한바탕 시원한 기쁨과 환희로
떠오르고 싶다

똑, 아몬드처럼
깨물어 주고 싶은
고소한, 아내의 미소는
남편을, 향유고래처럼
태평양을 헤엄치게 한다

라떼는 말이야

라떼는 고양이다
고향이라 해도 좋다
고양이의 눈은 라떼처럼
부드럽고 깊고 멀다
고향은 고양이의 졸음처럼
한적하고 느리고 윤이 난다
고양이의 고향은 요정의 숲과
늙은 시인의 오두막 같은
걸어서는 가 닿을 수 없는 환상의 세계다
묘한 일이 일어날 것 같은 날
고양이를 만나는 것은 그래서 우연이 아니다
라떼는 말이야,
묵은지 꺼내듯 썰어놓는 자리마다
삶의 이력서는 궁색해도
라떼는 고양이처럼 지나간다
라떼는 고양이의 꼬리처럼 쳐들고 살았던 기억들이다
라떼는 우유와 에스프레소의 결합만큼 잔잔한 혁명의 냄
새가 난다
그래서 라떼는 말이야
고양이의 울음 같은 말이다

라떼 한잔 마시러 갈까

밤의 지도

자연이란 전당포에서 오늘 난 얼마나 많은 것을 빌려 쓰고 있나 나의 생계와 내 가족의 목숨과 우리의 삶의 동아줄이 모두 자연 전당포의 무담보 대출에 달려 있다 이자를 갚아야 할 때가 올지도 모른다는 불길한 예감은 뭘까 요즘 들어 내 월급봉투를 조마조마하게 열어본다 자연으로부터 차압이 들어오지 않았을까 가끔은 전화기 진동에 감전되기도 한다

눈을 뜨는 순간 햇살을 빌리고 창문을 여는 순간 바람을 빌리고 새의 둥지에 세 들어 사는 나, 자식을 다섯 명쯤 낳아 목 화 토 금 수라 이름 짓고 열심히 먹이고 키워 빚 갚을 길은 막막하니 눈물샘이 마르기 전에 사슴처럼 사는 법을 배워야겠다 가슴이 식기 전에 꼭 바람이 사는 법을 기록해야겠다 공룡능선 구름 속에 앉아봐야겠다 엎드려 네 발로 걸으며 가도 가도 끝날 것 같지 않은 숨 막힘으로 이 세상을 찬미해야겠다

갚을 길 없는 길을 무서운 밤길을 가듯 두 손 모으고 조심조심 건너가야 한다 풀벌레 소리가 그리는 밤의 지도는 옛날 옛적 오두막이 그려져 있을 뿐이다

자두

마당가에
아무렇게나 심어둔
자두나무

자줏빛 탐스러운 것
한 알
따 먹어본다

약 한번 치지 않고
전지 한번 제대로
하지 않았는데
기특한 맛

벌레의 자궁이다

야누스

모든 여자는 야하고 싶다
모든 남자는 잠자고 싶다
인간이 가진 약점과 강점이다
비밀의 코드라 한다
흔들리지 않는 하나의 꿈
고단한 미래를 위한 작업이다
이제 그만, 입을 다물면 돼
너구리 곰댕이 늙은 여우 같은
썩어가는 사회적 동물들

멋있다 흥, 재활용 센터 찾아준 그대에게
–돌싱 미팅 자리– 인사말들: 훌륭한 진실
개인적 취향은, 배 나온 분 어려워요
그만, 빈자리가 크다
빈자리만이 내가 지배하는 영토다
나의 지분을 지키자
스스로 준비한 듯 내놓지 마시고
무적함대처럼 전략과 전술에 능숙한
언변을 늘어놓지 마시고
제길, 결국 내나 네나 그런 사람이라

말하지 마시고

저기
하늘이 있다 우주를 보자
쓰다 버릴 것 하나 없다
높고 낮음도 위도 아래도
밤도 낮도 없다
여자도 남자도 없다

바람의 눈동자

보고 또 본다 멍청하게, 빛이 뛰어드는 파란 연못
파당 파당, 빛은 눈동자가 되고 수많은 눈동자를 낳는다
지구라는 눈동자는 하루에 한 번씩 눈을 감았다 뜬다
한쪽 눈을 뜨고 한쪽 눈을 감으며 늘 그대로인 듯
하루도 쉼 없이 눈을 뜨는 푸른 눈동자

나는 허공을 향해 자라나는 새순의 눈동자처럼
눈먼 자가 된다
빛을 발하며 바람으로 소식을 전하는 눈동자들
뺨을 쓰다듬고 살결을 부비며 어둠을 건너 하나의 살점
이 되어
바람은 푸른 눈의 마음을 퍼뜨린다

저 들판에 전하는 사랑을 바람이 눈동자에 담는다
바람의 눈동자는 세상 모든 푸른 눈동자의 심장을 달고
달린다
지치지 않고 달리는 바람의 힘이다

나도 그 바람에게 나의 뼈와 허파와 입술을 떼어 주었다
저 몽골 초원 아래 나의 뼈의 노래를 묻어주세요

나의 노래를 눈비 오는 내 생의 전설의 언덕 어디쯤에 풀
어놓아 주세요
　바람은 오늘도 사랑의 눈동자를 달고 달린다

　지독한 사랑이 분다

묘비명

왔니
고맙다
잘 지내라

이런 묘비명이 있다는 말을 들었다

실제로 그 앞에 선 듯했다

그의 사랑하는 사람이 되어

허깨비 춤

플라스틱 살과 알루미늄 근육
강철 뼈대와 합성고무의 바퀴벌레들
기체를 빨아들여 액체를 뿜고 고체를 움직여 붕괴를 향
해 질주한다
별이 되고 싶은 굉음들이 달린다
빛으로 산화하고 싶은 무한 질주
그들의 춤판은 뱀의 허리처럼 시작과 끝이 없다

우주처럼 쉬지 않고 운행하는 아스팔트의 법칙 속에서
우리는 보지 못한 것들을 사랑하지 않아
한 번도 가본 적이 없는 곳에서 새벽을 맞이할 거야
밤 짐승의 울부짖음을 들으며 병원 근처에 사는 것이 옳
은 일일까?
아침 이슬처럼 맺히는 착란을 마시며
죽을 맛으로 사는 사람이 있다
밤의 허깨비들이다

나는 어둔 새벽
텅 빈 위장에서 태어나는 속 쓰린 신생아를
두 손으로 받들며 무릎을 꿇어본다

삶에는 정육점에 매달린 그램으로 달 수 없는
고뇌의 지문이 있다는 것을 생각하니
문득 가슴이 무거워진다

가벼워지기 위해 얼마나
육체의 기호를 해독하고 뜨겁게 가슴을 밟아대야 하는지
울음을 산란해야 하는지 슬픔을 주유해야 하는지
바다를 향해 검은 바퀴를 굴려야 하는지
내뱉은 낱말들을 지워나가야 하는지
나를 물어뜯어야 하는지
그대를 향해 끝없이 투신해야 하는지
보이는 것을 부정해야 하는지
꿈을 재단해야 하는지
투명하게 빛나는 하늘처럼 씻고 말려야 할 기억들이 많은지

까마득한 희망의 낭떠러지를 올라야 하는지
머리를 감을 때처럼 눈을 감아야 하는지
아직 깨어나지 않은 것들을 깨워야 하는지 몰라

아릉아릉 고이는 눈물

떨리는 손으로
그대의 몸을 열고
눈을 맞추고 팔다리를 휘저으며
하루를 입 맞춰야 하는지
엎드린 자세로 다시 춤춰야 하는지
그대, 허깨비 같은 시간이여

지현옥

　4월의 봄, 저 많은 꽃은 다 어디서 오는 걸까요 붉은 꽃
잎은 고귀한 사랑에서 오고, 분홍 꽃잎은 애절한 그리움에
서 오고, 하얀 꽃잎은 어쩌면 저, 히말라야 안나푸르나에서
오는 것은 아닐까요 잎들이 하늘을 향해 작은 발자국을 찍
는 계절, 4월의 하늘은 조용한 힘으로 출렁이고 푸른 꿈처
럼 그대가 있습니다

　산악인의 준엄함을 각인하듯 가슴 한복판에 풍덩 빠진 돌
덩이처럼 그대가 있습니다 십칠만 오천이백여 시간을 그 가
슴 언저리만 맴돌다 봄을 다 보내버린 듯합니다 속절없이
파문은 사라져도 기억은 지워지지 않는 길이 됩니다 스스로
이정표를 만들며 그대가 보여 주셨던 길 위에서 다시 오르
는 아침, 못다 한 이야기로 배낭을 꾸렸습니다 가뿐하게 슬
픔을 지고 산처럼 물처럼 가신 그대를 좇아 산새들 찾아와
조문하는 곳, 이렇게 모여 함께 머리 숙입니다

　더운 숨결 나누며 안나푸르나의 눈처럼 빛나던 그대의
꿈, 가슴에 새기며 여기까지 왔습니다 어느 골짜기에선가
바람이 불듯, 구름을 몰고 비를 뿌리고 눈은 내리듯, 무수
한 시공을 함께하리란 걸 믿습니다 이제 끝난 곳에서 다시
시작입니다 멈춰 선 곳에서 다시 출발합니다 침묵 속에서

노래는 시작됩니다 울려 퍼지는 봄부터 여름은 시작되고 가을에서 다시 겨울로 겨울은 봄을 노래하며 시간을 잉태할 것입니다 그렇게 세월은 흐르고 그렇게 많은 시간들이 버드나무 잎처럼 드리워지겠지요 기다림의 가지는 흔들리고 그리움은 더욱 길어지겠지요 기억의 조각들은 풀꽃처럼 피어나고 지치고 힘들 때마다 꽃송이처럼, 거짓말처럼 하얗게 피어나겠지요 지상에 피는 꽃 영원히 꺼지지 않는 불꽃처럼

숲이 되고, 길이 되고, 샘이 되고, 빛이 될 아득한 꿈처럼 끝도 없이 눈물의 기쁨, 가득 채워주신 그대여

봄에 피는 하얀 꽃은 모두 히말라야에서 옵니다 안나푸르나에서 옵니다 푸른 꿈의 향기 피워 올리며 멈추지 않는 알피니즘과 함께 옵니다 사월에 내리는 눈, 반짝이듯 가슴에 내리는, 꿈속인 양 사월의 눈은 안나푸르나에서 옵니다 하얀 꽃송이들 눈이 되어 내립니다

우리도 꺾이지 않는 한 그루 나무 되어
서늘한 그늘을 드리워야 하겠지요
4월의 꽃송이 환하게 달아야 하겠지요

먼 길

새벽을 깨우고
먼 길 떠난 사람의
빛나는 이마를 생각하며
나는 해발 고도 158미터를 올랐다

푸른 이끼를 두른
참나무 등걸 앞에서 나는 숨이 찼다
도시의 숲은 그물 없는 새장이었다
콘크리트 철벽에 부딪힌 새의 부리가
부메랑처럼 관자놀이를 때렸다

새벽을 깨우고
떠난 사람은 어디쯤 가고 있을까
나는 어느 저녁에 그를 만날 수 있을까
노을 앞에서 붉은 이마를 마주할 수 있을까

이제 먼 길로 나서자

해 설

미약한 것들을 위한 허공

임지훈(문학평론가)

　이오우 시인은 허공을 품고 산다. 그의 생과 육신 어딘가
에는 항상 허한 구석이 있다. 어느 무엇으로도 채워질 수 없
는 허공, 그 허공으로부터 시인은 말을 시작한다. 때로 그
는 이 허공을 슬픔이라 부르기도 하고, 기억이라 부르기도
하고, 사랑이라 부르기도 한다. 그에게 있어 허공이란 때
로 자신의 모자람과 무능을 표현하는 말이기도 하지만, 오
직 그것만을 위해 존재하는 말인 것은 아니다. 시집의 도처
에서 발견되는 그 허공으로부터, 시인은 말을 하고 노래를
부른다. 그러니 그에게 있어 허공이란 상상력의 근원이다.
그 비어있음이 그에게 말을 가능하게 만든다. 이것은 허공
을 따라 걷는 길이다. 이오우 시인의 말들 속에 자리 잡은
허공으로부터 또 다른 허공으로, 시인이 안배한 허공의 징
검다리를 따라 걸음을 옮겨 보자.

어찌 보내야 할까

비루한 슬픔의 비늘을

퇴화된 날개의 아픔을

어디에 내려도 만나게 될

나의 자화상을

그것이 무엇이든

어느 개천에 버린 것이라도

한 번쯤 뒤돌아보자

내 둥치에 고스란히 내려

또 다른 숲을 이루었을 것들을 위해

애초에 멀리 떠나보내고 싶었던 것들을 위해

내 골수에 그려 넣은

바람의 지도를 가진

부서지고 썩어, 무념의 시간 속을

경계도 없이 오고 가는 것들을 위해

—「낙엽송」 부분

    시집의 앞쪽에서 만나게 되는 이 시에서, 이오우는 자신의 슬픔과 아픔을 토로한다. 비루함과 퇴화라는 말로 수식된 그 슬픔과 아픔은 각각 '비늘'과 '날개'로 화자의 몸의 일부를 구성하고 있다. 슬픔은 비늘처럼 그를 감싸고 있으며, 날개는 그를 다른 세계로의 도약을 가능케 할 육신의 가능성이지만 이것은 퇴화했기에 아픔으로 남아있다. 시는 비늘이 되어버린 슬픔과 아픔이 되어버린 날개를 어떻게 보내야 하냐는 토로에서부터 시작된다. 화자는 이 존재론적 고통을 자화상이라 부른다. 비록 그 연원에 대해서 해당 시편에서 자세히 밝히고 있지는 않으나, 슬픔의 비늘과 날개의 아픔으로 잠식된 이 자화상을 떠나보내는 것을 소망한다는 점에서 그는 자신의 과거와 결별하기를 원하는 듯 보인다.

　그런데 이 결별은 뭔가 석연찮은 결별이다. 대상과의 멀어짐을 통해 어떤 기억에 대한 망각을 염원하는 것이 아니라, 이 결별은 어떤 주시와 사유를 위한 결별인 것처럼 느껴진다. 그도 그럴 것이, 화자는 여기에서 결별하기를 소망하는 자화상에 대해 "그것이 무엇이든/ 어느 개천에 버린 것이라도/ 한 번쯤 뒤돌아보자"는 선뜻 이해할 수 없는 제시를 하고 있기 때문이다. 사정이 이러하다 보니 그가 자신의 몸이 되어버린 슬픔과 아픔이 되어버린 날개를 버릴 때 그는 무엇인가를 얻는 것처럼 보인다. 무엇을? 자신에게 흡착되어 있던 온갖 감정들, 감정 그 자체를 위해 타오르던 감정과의 거리감을 말이다. 그렇게 함으로써 화자는 자신의 정념들로부터 일정한 거리를 얻을 수 있게 되고, 그것에 대한 주시와 사유는 비로소 가능해진다.

　그리고 여기에서 얻을 수 있는 것이 또 하나 있다. 자신의 몸이었던 감정들로부터 멀어질 때, 여기에는 필연적으로 빈 공간이 생겨난다. 자신의 감정을 객관화함으로써 얻어지는 사유의 이완이 만들어내는 빈 공간 말이다. 이러한 빈 공간이 있기에, 그는 자신의 이완된 사유의 근육들 사이에 다른 것들을 위한 안배의 자리를 마련한다. "내 둥치에 고스란히 내려/ 또 다른 숲을 이루었을 것들" "애초에 멀리 떠나보내고 싶었던 것들" "경계도 없이 오고 가는 것들"이 그것이다. 그것들은 자신이 미처 붙잡거나 충분히 해내지 못했던 과거의 것들이면서, 여전히 현재의 삶을 교란시키고 있는 것들인 바, 이것들을 위해 자신이 마련한 빈 공간을 내어준다는 것은 곧 충분히 사유되지 못했던 것들에 자신의 삶을 다시금 내어줌을 뜻한다. 그러나 이 내어줌은 그것들에 완전히 포섭되어 있던 때와는 다르다. 정리하자면, 그는 감정에 휩싸여 대상에 대해 사유하던 때와는 다르게 감정들을 객관화시킬 때 만들어지는 빈자리에 대상을 놔둠으로써, 온전히 대상을 위한 사유를 개시하게 되는 것이다.

그런 의미에서 이 「낙엽송」이라는 시는 이오우라는 시인이 이 시집으로부터 세계에 대해 던지는 일종의 출사표라고 할 수 있을 것이다. 자신에게 흡착된 감정들을 다소 내려놓을 때 대상을 위한 빈자리가 만들어지고 그로부터 말이 샘솟는다는 것을 스스로 증명하는 하나의 출사표. 그것을 이오우는 「바람의 경지」라고 부른다.

어딘가 허한 구석이 있다 허기를 허락하지 않는 것이 바람의 철칙, 몰아치며 부는 바람이 내 눈으로 침투한다 내 눈에도 빈자리가 크다 눈물샘이 고비사막의 호수처럼 말라버린 걸까

눈을 감고 생의 비늘을 지키자 2억 4천5백만 년 전, 물

고기였을 때를 생각하며 퇴화된 아가미를 부활시키자 아가
미를 잎사귀로 진화시킨 저 나무들처럼 귀를 열고 입을 열
고 바람을 대하자

　내 마음의 허기를 향해 바람이 분다, 감미로운 독주다
봄의 등짝을 뒤집어 보자 껍데기를 열고 닫는 하루의 일과
를 벗어버리자

　한쪽 뺨을 접어 다른 쪽 뺨을 두들기자 부드러운 솜털을
따라 푸른 혈맥이 풍기는 풋내를 맡자 눈물샘이 솟을 것만
같다 오늘은 바람의 채찍으로 졸고 있는 젊음을 밀어붙여
보자, 용서할 수 없는 일들과 손끝에서 잡힐 듯 잡히지 않
았던 불면의 꿈들을 향해

　허공의 미로에서 나의 그림자가 산란할 때, 흩어지는 푸
른 비늘들이 진언을 구하고 아카시아 꽃잎들이 나뒹굴고
송화가 산을 차고 오를 때 오월은 능숙하게 때를 알아차린
다 깃발이 혀처럼 일어나 춤춘다

　바람이 간다 내 눈을 통과하여 망각의 그물을 찢고 몸
을 화살처럼 겨누고 간다 독백의 힘이다 세상이 기우뚱한
다 아이들이 뛰고 시간의 겨드랑이가 열리고 나무의 손끝
이 바람의 옆구리를 연주한다

　빛의 공명이 그리움의 공간으로 포집된다 나무의 몸이
열리고 긴 울림통으로 바람의 선율이 몰려든다 숨소리를
토하며 바람이 운다 울음 안으로 가야겠다 울음통이 되어
허한 구석으로 몰려가야겠다

—「바람의 경지」 선문

「바람의 경지」는 화자의 "허한 구석"으로 바람이 불어오는 순간으로부터 시작된다. 눈물샘조차 말라버린 눈으로 불어온 바람에 화자는 신화적인 과거를 떠올리며 그 바람을 받아들인다. 이윽고 바람은 말라버린 '나'의 마음속에 신화적인 상상력을 부추기게 되고, 그로부터 화자는 뺨을 상기시키고 삶의 풋내를 맡으며 스스로의 젊음과 꿈을 느끼게 된다. 이와 같은 신화적인 상상력으로 화자는 자신의 일상에서 벗어나 늘상 자신의 주변에서 맥박 치던 것들을 감각하며, 이 자연의 맥박으로 말미암아 화자는 "망각의 그물"에서 벗어난다. 그리고 이 벗어남이 일깨우는 것은 그리움에 대한 기억인 바, 그는 스스로 울음통이 되어 내 바깥의 허한 구석을 향해 나아간다.

설핏 불어온 바람으로부터 신화적인 상상력을 일깨우고, 그것으로부터 자신의 울음을 복구하여 세계의 빈 공간으로 나아가고자 하는 시의 전개 속에서 우리가 마주하게 되는 것은 맥동하는 바람이다. 그리고 이 신선한 바람은 나를 밀어붙이는 것이 아니라, 내가 스스로를 밀어붙이게끔 추동한다는 점에서 외부적 요인이되 나의 내부를 추동하는 부드러운 대상물이다. 그것은 내가 스스로를 고립시키고 폐쇄시켰을 때에는 감각할 수 없는 것으로서, 나의 내면에 빈자리가 있을 때에 들어올 수 있는 어떤 것이다. 그렇다면 이 빈자리란 곧 외부의 사물이 나의 안으로 삼투할 수 있게끔 스스로를 내어주는 행위이자, 현대적 삶으로부터 일정한 거리감을 취하면서 신화적인 상상력을 통해 발원적 태도를 구명하기 위한 삶의 형식이라고 할 수 있지 않을까. 그러니 비워 냄이란, 혹은 스스로에 흡착되어 있던 감정들과 거리를 가진다는 것은 곧 삶을 살아가는 양식에 있어 근본적인 변화를 의미하는 것이면서, '나'의 삶의 주체성을 회복하는 양식이라고도 할 수 있을 것이다.

이러한 삶의 태도가 있기에 이오우의 화자는 자신의 내면과 과거에 대해 사유하면서도, 오직 그것에 매어있지 않을 수 있다. 자신의 기억을 들여다보고, 현실을 바라볼 때에도, 그 중심에는 내가 있는 것이 아니라 나의 빈자리에 잠시 기거하는 대상이 있다. 그렇기에 그는 「시간 관찰자」와 같은 시에서는 기억 속 그녀의 텅 빈 눈빛을 되새기면서도 슬픔에 잠기는 대신 기다림을 선택할 수 있고, 「둥지」에서와 같이 측백나무 안 비둘기 한 쌍의 둥지로부터 귀가가 늦은 자신을 기다리는 아내의 사랑을 떠올릴 수 있다. 예컨대 이 기다림과 사랑 들은 '나'로부터 비롯되는 것이 아니다. 더 정확하게 말해 보자면, 나의 개인적인 욕망으로부터 시작되는 것이 아니라 대상에 대한 온전한 주시로부터 '마땅히' 개시된다는 점이 중요하다. 이처럼 자신의 내면을 비워 냈을 때에, 대상에 대한 사랑은 폭력적인 면모를 덜어낼 수 있게 되는 것이다. 그렇기에 그의 시선은 자신의 욕망을 채우기 위한 탐색이 아니라, 대상에 대한 헌신을 위한 따뜻한 눈빛이다. 이러한 따스함은 「쓰다듬질」과 같은 시에서 나타나듯, 자신의 사유를 씻어낼 수 있게 해주는 외부적 대상에게마저도 고마움을 표하며, 일상적 사물로부터 삶의 자세를 찾아가는 서정의 자세이다.

　　　피다
　　　피어나는 이것은
　　　아픈 피다
　　　슬픔의 탄생이다
　　　함성의 소용돌이가
　　　빛으로 우뚝 섰다
　　　뜨거운 잔혹한 순수
　　　넘치는 수혈
　　　번지는 힘이다
　　　다스리는 아픔이다
　　　고요하게 번지는
　　　무엇으로도 막을 수 없는
　　　역사의 기둥이다
　　　지쳐 쓰러진 것들을
　　　바로 세우는 불타는
　　　피다

　　　　　　　　　　　　　　―「촛불」전문

　　때문에 이와 같은 이오우의 시적 화자는 필연적으로 역
사성과도 조우한다. 「촛불」「오월에 관한 보고서」 등이 대표
적이라 할 수 있는데, 여기에서 화자는 지나간 사건에 대해
계속해서 사유하며, 사유를 통해 그 사건을 현재와 접속시

킨다. 거기에는 타인의 피가 있으며, 그 피로부터 반성적으로 감각되는 자신의 혈기 또한 존재한다. 그 혈기를 일컬어 이오우는 "뜨거운 잔혹한 순수"라고 말하며 불의에 항거해 온 역사 속 민중의 고통과 그로부터 정향되는 순수한 의지를 상기시킨다. 본원적으로 그것은 "함성의 소용돌이"이지만, 그 과정들은 필연적인 억압과 그로부터 말미암은 민중들의 고통으로 인해 곧 "슬픔의 탄생"이기도 하다. 이러한 역사성과의 조우 앞에서, 화자는 매 순간 선택에 직면한다. 자신의 앞에 드리우고 있는 망각되어 가는 역사적 사건에 대해 침묵할 것인가, 혹은 계속해서 말할 것인가라는 질문은 곧 자신이 조우한 사건을 배반할 것인가 혹은 계속해서 충실하게 대면할 것인가라는 질문이다.

나의 몸통 안에 염통이 있다 생각을 온몸으로 내보내는 곳이다

쉰 살, 생각의 혈압이 오르기 시작했다 나이를 먹는다는 것은 느려지거나 빨라지는 몸의 작용을 이해하는 것, 생각의 수축과 이완도 온전히 받아들이고 조절해야 마땅하건만 이놈의 염통은 제대로근이라 의지와는 무관하게 수축하고 이완하고 빠르거나 느려진다

끝까지 생각의 실핏줄이 열려야 하는데 가끔 막히고 좁아지는 현상이 발생한다 역류하는 생각을 막아야 하는 때

도 있고 범람하는 생각의 혈류를 어찌할 줄 몰라할 때도
있다

　짐짓, 사람들은 심장이 염통이라지만 심장과 염통은 다
른 무엇이다 심장이 그냥 심장이라면 나에게 염통은 마음
심장이다 건강한 염통을 위해서는 꾸준한 운동이 필수다
지방을 태우듯 생각의 기름기를 **빼야** 한다

　소의 염통을 먹으며 나의 염통을 생각한다 소의 염통만
큼 크지도 않은 것이 울퉁불퉁 심통까지 덕지덕지 붙었다
유산소운동이 필요하다 마음의 유산소운동, 긴 호흡으로
멀리 내다보며 생각을 내보내는 연습이

　　　　　　　　　　　　　　　　　　　—「염통」 전문

　여기에 대해서 화자가 선택하는 것은 「염통」에서 나타나
듯 계속적인 자기 이완과 사유의 근육을 키우기 위한 사유
운동이다. 이러한 지속적인 자기 이완, 사유 운동을 통해
서만 "중요하지만 중요하지 않은 존재"와 "중요하지 않지
만 중요하다는 의미"(「잠시 잠깐」)들에게 자신의 몸을 내어줄
수 있기 때문이다. 그리고 이 운동은 어떤 대의와 같은 거
대하고 숭고한 것으로부터 비롯되는 것이 아니라 소의 염
통을 먹는 아주 사소하고도 일상적인 경험으로부터 비롯
된다는 것이다. 예컨대 외부적 사물의 크기가 중요한 것이
아니라 그것을 받아들이는 나의 태도가 중요하다는 것 또

110

한 이 「염통」이 밝히고 있는 사유 운동의 중요한 지점이라고 말해야겠다.

하지만 명심해야 할 것은, 이오우의 시집 『바람의 경지』에서 화자가 보여 주는 서정의 자세가 결코 이러한 역사성에 대한 충실성으로 인해 어떤 경지를 이룩하고 있는 것이 아니라는 점이다. 역사성과의 조우는 필연적이면서 과정적인 것일 뿐, 역사성이라는 거대한 것으로 인해 그의 자세가 의미를 얻어내는 것은 아니다. 이와 같은 서정의 자세는 오히려 작은 것들로 향해 있다. 그러니까 다시금 그의 말을 반복하자면, "중요하지만 중요하지 않은 존재"와 "중요하지 않지만 중요하다는 의미"들이 그의 서정적 발화의 핵심이다.

이제는 상식적인 말이 되었듯이, 현대 도시의 삶 속에서 가시화되지 않는 것들은 현실의 언어가 가지는 제약으로 인해 스스로의 존재성을 드러냄에 있어 심각한 제약과 마주한다. 현실 속에서 자신의 자리를 마땅히 점유할 수 없는, 존재의 거처를 마련할 수 없는 미약한 존재들인 셈이다. 그러나 그렇다고 해서 이것들이 세계에 불필요한 존재인가? 마땅히 있던 것들이 사라질 때, 세계가 어떤 파국으로 한 걸음 더 나아가게 되는지는 그간의 야만이 불러온 절멸의 역사가 충분히 상기시켜 주지 않았던가. 그러나 이 미약한 존재들을 위한 거처는 세계 어디에 있을 수 있을까. 이오우가 다시금 우리에게 상기시켜 주는 것은 바로 이 지점이다. 내가 나의 개인적 감정과 결별하고 세계를 마주할 때, 그때에

생기는 나와 감정 사이의 빈틈이 바로 이 미약한 존재들을 알아차릴 수 있게 만드는 셈이고, 그 빈틈으로부터 샘솟는 시인의 언어야말로 이 미약한 존재들을 위한 거처를 마련하는 수단이라는 것이다. 그리고 이것이 서정이다. 아주 오래되었으나, 늘 현재화되어야만 하는 본연의 서정 말이다. 늘 흐르면서도 안을 완전히 채우지 않으며, 가볍게 타인의 눈 속으로 들어가 마음속을 헤집고는 결코 오래 머물지 않는 바람처럼, 이오우의 서정 또한 가볍고도 따스하게 미약한 존재들을 위한 거처를 마련하고 있는 것이다.